LES

# AMOURS D'UN PÈRE

## POÉSIES

### DÉDIÉES AUX MÈRES DE FAMILLE

PAR

## F. COLOMBA

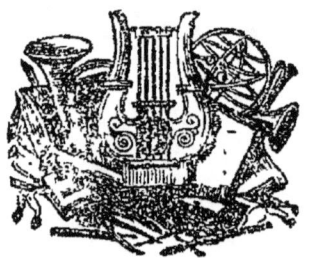

ALGER

Imprimerie J. BREUCQ, rue des Trois-Couleurs.

1865

LES

# AMOURS D'UN PÈRE

LES

# AMOURS D'UN PÈRE

## POÉSIES

DÉDIÉES AUX MÈRES DE FAMILLE

PAR

## F. COLOMBA

ALGER

Imprimerie J. BREUQC, rue des Trois-Couleurs.

1865

À Monsieur Savy

Mon ancien Professeur de Rhétorique.

Gage de reconnaissance sincère
et de précieux souvenir du Petit
Séminaire d'Alger.

# PRÉFACE.

Lecteurs, un pauvre petit livre comme celui que j'ose vous offrir, ne devrait pas avoir de préface, et pourtant il en a une.

Pourquoi?

Parce que je dois un témoignage de sincère reconnaissance à toutes les mères de famille et surtout aux habitants de Mostaganem qui ont bien voulu faire, par une souscription qui m'honore plus que je ne le mérite, les frais de cette publication.

Encouragé par cet éclatant hommage rendu à mes pauvres poésies, je me ferai un devoir et un plaisir d'augmenter dans les limites de mon possible, le petit volume que je vous offre aujourd'hui.

Vous avez été trop généreux à la publication de ce modeste ouvrage, pour n'être pas indulgent à son égard.

Aussi, je le fais paraître en toute confiance et sans aucun autre patronage que votre bienveillante initiative et votre généreuse protection.

Il m'eut été facile de vous offrir un bien plus gros volume, en grossissant cette préface par de nombreuses et charmantes poésies qui m'ont été adressées par d'assez grandes célébrités littéraires, mais pourquoi ne pas rester modeste quand on a, comme moi, tant de titres à la modestie ?

COLOMBA.

# DÉDICACE.

## AUX MÈRES DE FAMILLE

À vous, dignes et tendres mères, ces pauvres mais innocentes poésies que j'ai composées pour vos petits enfants et pour les miens.

A vous, toutes ces paternelles pensées qu'une muse enfantine se plaît à m'inspirer.

A vous, encore, tout ce que mon tendre cœur de père me dicte pour le bonheur de nos enfants.

Je sais quel trésor d'amour pour l'enfance et de charité pour l'infortune, la Divine Providence a caché dans votre cœur maternel !

C'est au nom de cet amour, de cette charité que j'ose vous dédier mon petit livre.

Vous pouvez, sans crainte, le mettre entre leurs mains.

Il ne renferme rien qui puisse blesser ni leur innocence, ni leur candeur.

Si parfois, cette muse gentille, qui m'entoure de ses faveurs, et se plaît à mêler quelque peu de miel à l'amertume de ma vie, déserte le foyer paternel pour aller, vagabonde, chanter quelque sujet d'amour.

. . . . . . . . . . . . . . . . .

C'est encor pour aimer, comme Dieu nous l'ordonne,

. . . . . . . . . . . . . . . . .

Vous le savez, tendres mères, on a guidé vos pas !... On a guidé les miens, dans notre enfance, et je ne l'ai pas oublié !....

Puissé-je, à mon tour, semer quelques fleurs sur les pas de nos chers petits enfants et guider leur innocence dans le sentier du bien, car :

. . . . . . . . . . . . . . . . .

« De nos soins paternels leur innocence est digne.
» Ils ont besoin d'appui, comme la jeune vigne,
» Pour déployer dans l'air ses fertiles rameaux,
» Demande à s'élancer au bras des vieux ormeaux ;
» Comme les passereaux, encor dépourvus d'ailes,
» Voyagent soutenus par leurs mères fidèles.
» Puisque tout l'avenir repose en leur berceau,
» Tel que le champ d'épis dans le grain du boisseau ;

» Qu'une bonne semence, une sage culture,
» Préparent les trésors de la moisson future!...
» Fécondez dans leurs cœurs tous les germes du bien ;
» Ne faites rien jamais, ne dites jamais rien,
» Dont leur regard s'étonne ou leur âme se blesse
» L'enfance est respectable ainsi que la vieillesse!...
» Gardez-vous offensant leur naïve pudeur,
» Gardez-vous d'altérer ce parfum de candeur,
» Trois fois plus savoureux que l'odeur exhalée,
» De l'encensoir d'argent, du lis de la vallée !

. . . . . . . . . . . . . . . . . . .

Alger, février 1865.

AKHBAR, Jeudi 30 Juin 1859.

## BIBLIOGRAPHIE

# POÉSIES NOUVELLES

### Par F. COLOMBA.

Il y a quelques jours à peine, tous les organes de la presse locale se réunissaient dans un commun effort pour célébrer à l'envie le mérite et la gloire du poète que l'Algérie toute entière a pris sous son patronage éclairé, et dont le nom désormais appartient à l'histoire littéraire de ce pays.

Aujourd'hui que la harpe, tour à tour si plaintive et si hardie de ce chantre de nos *Espérances* et de nos *Angoisses* (*) se recueille pour préluder, sans doute, à l'ombre de nos victoires, à un prochain et éclatant triomphe, nous nous plaisons à enregistrer un nouveau nom sur cette liste déjà nombreuse de littérateurs et d'écrivains qu'a produit en si peu d'années l'Algérie.

_____

(*) Marie Lefebvre.

Sous le titre : *Poésies nouvelles*, M. COLOMBA vient de publier un petit recueil de pièces en vers destinées, comme il nous le dit lui-même, à semer quelques fleurs sur les pas de la jeunesse de nos écoles.

. . . . . , . . , . . , . . . ,

Mon but unique fut de guider leur jeune âge,
De soutenir leurs pas encor trop chancelants,
De leur montrer comment exempt d'inquiétude,
Et sans changer en pleurs leur sourire enfantin
Ils peuvent constamment s'appliquer à l'étude.

. . . . . . . . . . . .

Ce but, l'auteur l'a parfaitement atteint et nous ne doutons pas que toutes les mères de famille ne s'empressent de faire lire à leurs enfants un livre qui, sous une forme simple et gracieuse tout à la fois, leur apprendra à aimer le travail, et leur épargnera peut-être bien des pleurs. Quel est celui d'entre nous, lecteur, qui, dans le cours de nos études, ne s'est pas une fois senti comme pris d'un dégoût invincible pour ces versions grecques ou latines dont il ne voyait que les difficultés présentes sans comprendre l'utilité à venir ?

S'il avait lu cette ingénieuse comparaison du peintre qui cherche à reproduire le tableau du maître, et de l'écolier qui s'efforce de rendre dans une autre langue les idées de l'écrivain, peut-être aurait-il trouvé sur sa palette au lieu de pleurs, des expressions faciles et du coloris.

. . . . . . . . . . . . . . . . . .

Car c'est par le travail et non pas en pleurant .
Que l'on peut acquérir le titre de savant;
Ce n'est qu'en bataillant qu'on gagne la victoire
Sans efforts, sans combat, point d'honneur, point de gloire.

. . . . . . . . . . . . . . . .

Nous ne nous étendrons pas d'avantage sur l'utilité pratique et morale des divers sujets traités dans ce petit opuscule, bien assurés d'avance que les mères de famille et les enfants, pour qui il a été écrit, confirmeront pleinement le jugement que nous en portons. Mais, nous adressant au poète, nous lui dirons franchement ce que nous croyons la vérité, parce que nous savons qu'il est de force à l'entendre.

Les plus belles pensées perdent quelquefois à être reproduites sous des couleurs trop uniformes, et les fleurs les plus parfumées s'effeuillent et se fanent vite au contact. Un peu plus de variété dans les sujets, n'auraient pas nui dans l'ensemble de l'ouvrage. Les répétitions de mots et d'images semblables sont trop fréquentes ; la rose et les épines reviennent trop souvent. Nous devons signaler quelques termes impropres, tels que *un tableau vraisemblable* pour *un tableau ressemblant ; un berceau qui captive* pour *un berceau qui retient captif*. Il est aussi certaines tournures que le langage de la poésie ne saurait admettre, par exemple :

. . . . . . . . . . . . .

Mais tranquillise-toi, ce n'est pas difficile,
Le coloris, mon fils, c'est simplement le style.

. . . . . . . . . . . . .

Et encore :

. . . . . . . . . . . . .

Mais pardonnez cette faiblesse
A vos enfants chéris qui ne le feront plus.

. . . . . . . . . . . . .

Mais à notre tour, nous semblons oublier cette pièce de l'auteur dès son début :

. . . . . . . . . . . . .

Vous qui lisez mes vers, dédiés à l'enfance,
Ne vous érigez pas en critiques inhumains.
Je demande, lecteur, toute votre indulgence.

. . . . . . . . . . . . .

Le lecteur, ami poète, vous l'accordera sans peine, et puisque vous nous promettez une suite à une œuvre déjà si bien entreprise : il vous sera facile de faire disparaître les quelques ombres que l'inflexible critique s'est permis de vous signaler.

Avant de terminer ce compte-rendu, nous devons ajouter que le produit de ce livre, suivant les vues de l'auteur, est entièrement destiné à venir en aide à une pauvre famille qui gémit dans la plus cruelle misère. C'est toujours une œuvre méritoire que de consacrer son talent à l'instruction de la jeunesse; mais quand on passe ses veilles à soulager l'infortune, c'est une bonne œuvre, et toute bonne œuvre a toujours sa récompense au ciel.

E. Vayssettes.

# A MES LECTEURS.

Vous qui lisez mes vers dédiés à l'enfance,

Ne vous érigez pas en critique inhumain ;

Je demande, Lecteur, toute votre indulgence,

Si, souvent, par un mot étrange, impropre, vain,

Même vide de sens, je blesse votre oreille,

Je choque votre goût sans charmer votre cœur.

Vous savez que souvent l'ingénieuse abeille,

Pour un rayon de miel fouille plus d'une fleur.

Ainsi vous trouverez plus d'une historiette,

Plus d'un de mes récits sans grâce et sans beauté.

Je ne suis, cher lecteur, ni savant, ni poète.

Peut-être l'ai-je fait avec témérité,

Mais en réunissant dans ce petit ouvrage,

Quelques sages conseils pour les petits enfants,

Mon but unique fut de guider leur jeune âge,

De soutenir leurs pas encor trop chancelants ;

De leur montrer comment exempts d'inquiétude,

Et sans changer en pleurs leur sourire enfantin,

Ils peuvent constamment s'appliquer à l'étude.

En un mot, j'ai voulu leur montrer le chemin,

Qui nous mène toujours au bonheur sur la terre.

J'ai voulu leur apprendre à devenir savant,

A devenir bien sage, à bien aimer leur mère.

Vous savez, cher lecteur, ce que c'est qu'un enfant :

C'est une fleur naissante aux rayons de l'aurore,

C'est un petit oiseau qui ne sait pas chanter.

Un lis dont la beauté ne paraît pas encore.

Un tout petit agneau qui ne sait pas brouter;

C'est un ange nouveau que le ciel vous envoie.

C'est un vase rempli d'un parfum de candeur.

Un petit voyageur qui ne sait pas sa voie.

C'est un bouton naissant qui sera bientôt fleur.

C'est le vœu d'une sœur, l'espérance d'un père,

L'honneur de la famille et l'orgueil d'un époux.

C'est plus que tout cela : *c'est l'amour d'une mère,*

Et l'amour d'une mère est l'amour le plus doux !...

Tous les êtres vivants, guidés par la nature,

Connaissent leur chemin et ne se trompent pas.

Mais le petit enfant, débile créature,

A besoin de quelqu'un qui dirige ses pas.

Laissez-moi donc chanter, c'est pour leur être utile,

Que je modulerai quelques faibles accords.

Que si vous me trouvez ennuyeux, inutile,

Ayez au moins égard à mes nombreux efforts.

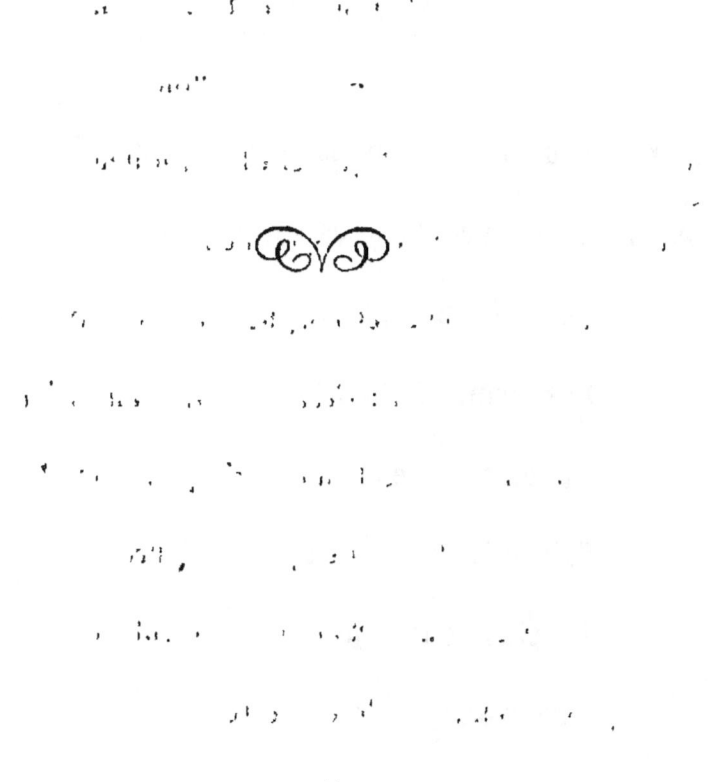

# UNE BELLE FLEUR

—

**A mes Élèves.**

Enfants, vous aimez bien les jeux, les causeries.

Vous aimez à courir dans les vertes prairies.

Vous aimez la gaieté,

Les chants, la liberté.

Et votre âme encor pure,

Sait se faire un jouet,

Du plus petit objet

Que produit la nature.

Et lorsque le printemps verdissant les coteaux,

Vient rapporter les chants et les nids aux oiseaux,

Vous allez, sans songer aux soupirs d'une mère,

Ravir ses oisillons cachés sous la bruyère.

Et ces petits êtres charmants,

Peut-être encor dépourvus d'ailes,

Dans vos petites mains, hélas! déjà cruelles,

Souffriront bien des maux de vos jeux innocents.

Et puis, toujours légers et toujours inconstants,

Vous cherchez, dans les bois, parmi les fleurs écloses,

La plus belle des fleurs, la plus belle des roses ;

Et riches du butin que vous avez ravi,

Quand enfin de vos jeux l'ardeur vous abandonne,

Vous vous reposez tous sur le gazon fleuri,

Pour faire d'un bouquet une fraîche couronne.

Alors petits docteurs;

Vous prétendez connaître, enfants, toutes les fleurs !

Et mêlant à vos jeux l'innocente querelle,

Chacun prétend encor posséder la plus belle !

Il n'en est pas ainsi ; pourquoi babiller tant ?

Ne vous disputez pas, écoutez un instant :

Il est une autre fleur plus belle, plus jolie,

Que vos petites mains n'ont pas encore cueillie.

C'est celle qu'ont toujours su trouver les savants,

Et que devraient chercher tous les petits enfants.

Fleur toujours ravissante et jamais éphémère,

    Qu'un messager divin

    Apporta sur la terre

    Pour embellir notre destin.

Plus belle que les fleurs dont le parfum s'envole,

    Après quelques instants,

Sa brillante corolle,

Ne se flétrit jamais quànd finit le printemps.

Belle, fraîche, odorante au soir comme à l'aurore,

En automne, en hiver, on la voit fraîche encore ;

Elle ne souffre pas des injures du temps.

C'est une fleur enfin qui n'a point de pareille.

Oh ! qu'elle ornerait bien votre fraîche corbeille,

Mes chers petits enfants !...

Mais elle ne fleurit que parmi les épines !..

On ne la voit jamais sous les vertes collines ;

On. ne la trouve pas dans un riant jardin !

Et puis, par un cruel destin,

Elle habite toujours une terre étrangère.

Alors, comme un agneau qui laisse le bercail,

Il faut, petits enfants, abandonner sa mère,

Et la chercher au loin par un rude travail.

Il faut se prémunir de force et de courage,

Abandonner souvent les plaisirs de votre âge

Et vos jeux enfantins.

Et puis, pour la cueillir, on se blesse les mains,

On se pique les doigts, on pleure de souffrance,

Et même quelquefois on perd toute espérance

De posséder un jour ce bouquet précieux

Qu'ont toujours su cueillir les enfants studieux.

Il faut pour la cueillir, cette fleur merveilleuse,

Qu'un ami complaisant, qu'une âme généreuse.

Vienne écarter pour vous ces buissons épineux,

Ces chardons dangereux

Dont elle est entourée.

Et lorsque votre main souffrante est déchirée,

Vous arrache des pleurs,

Il faut que cet ami ressente vos douleurs.

On ne la cueille enfin qu'avec de la souffrance,

Tachez de la cueiller, enfants, c'est la *Science* !

# LE PETIT GÉNÉRAL

—

A mes Élèves.

Tu ne sais pas, maman, disait un jeune enfant,

J'ai fait, pendant la nuit, un rêve surprenant !...

Je n'avais jamais vu tant d'honneur, tant de gloire !...

Ecoute, il est encor gravé dans ma mémoire :


Je ne sais pas très-bien qui me l'avait donné,

Mais j'avais un habit tout beau, tout galonné !...

Puis, à mon côté droit, une étoile brillante,

Donnait à mon costume une pompe éclatante !...

Je tenais à la main un grand sabre d'honneur,

On y lisait, gravés, ces mots : GLOIRE AU VAINQUEUR !...

J'avais sur mon chapeau des choses précieuses,

Des galons tout dorés et des plumes soyeuses ;

A chaque épaule enfin de riches flocons d'or,

Des étoiles d'argent, puis autre chose encor,

Rehaussaient tout l'éclat de ma belle tenue !...

Par un beau ruban rouge à mon cou retenue,

Brillait par dessus tout la grande croix d'honneur,

C'était, je crois, maman, la croix de COMMANDEUR !...

Sur mes pas se pressait un foule animée !...

Sous mes ordres marchait une puissante armée !...

J'avais un beau cheval, et mes braves soldats,

Me suivaient, courageux, au milieu des combats !...

A m'obéir chacun mettait de l'importance !...

Quand je parlais, partout on gardait le silence !

Et puis, je commandais ! quand je disais : *marchons !*

Je voyais au combat plus de cent bataillons !...

Tu sais que j'ai bien peur lorsque le canon gronde.

Dans mon rêve il grondait, faisait trembler le monde,

Et je ne tremblais pas, car j'étais GÉNÉRAL !...

Mais, maintenant, adieu mon superbe cheval,

Mes beaux habits dorés, mon honneur et ma gloire,

Je ne sais même pas qui gagna la victoire !...

Quoiqu'il en soit. maman, c'est un rêve étonnant,

S'il se réalisait, que je serais content !...

Mon ange, mon enfant, lui dit sa mère. écoute :

Le rêve que tu fis est merveilleux, sans doute,

Mais il ne tient qu'à toi de le réaliser !...


Suis bien tous mes conseils : au lieu de t'amuser,

D'écouter la paresse et le plaisir frivole

Qui t'éloigne toujours du chemin de l'école,

Songe d'abord, mon fils, à devenir savant !


On n'est pas GÉNÉRAL quand on est ignorant !...


Ainsi donc, si tu veux réaliser ton rêve,

Il faut être, avant tout, un studieux élève !...

Il faut bien travailler et travailler longtemps !...


Tu n'aimes que les jeux, surtout les jeux bruyants ;

Il faut, mon cher ami, que tu les abandonnes,

Puis il faut au collége obtenir des couronnes !...

Et tu verras alors bien vite revenir,. .

La gloire et les honneurs qu'un songe vint t'offrir ! ..


Puisque je puis, maman, exempt d'inquiètude,

Par l'amour du travail ainsi que par l'étude,

Dit le petit enfant, devenir GÉNÉRAL !

Et retrouver aussi mon superbe cheval,

On ne me verra plus, désormais, qu'à l'école.

Je vais bien travailler !... Il a tenu parole,

Car un beau jour sa mère, assise à son foyer,

Vit arriver vers elle un jeune cavalier,

Vêtu d'habits dorés, ceint de brillantes armes,

Au comble du bonheur, les yeux mouillés de larmes :

Je te revois enfin, dit-il, viens dans mes bras,

Viens, maman, tes conseils ne me trompèrent pas !...

C'est moi, c'est ton enfant, le studieux élève,

Maintenant GÉNÉRAL !... Non, ce n'est plus un rêve !

Par tes sages conseils, j'ai reconquis l'honneur

Que me fit entrevoir un songe précurseur !...


Puissent tous les enfants bien écouter leur mère,

Surtout quand elle donne un conseil salutaire.

## A Mademoiselle S*** A*** P***

Non, tu n'as pas voulu d'un cœur qui te désire !

Adèle, j'ai compris ton silence éloquent !...

Accueille sans mépris un accord de ma lyre

Que je t'adresse en te quittant.


Je me flattais déjà, bercé par l'espérance,

De caresser mon luth en chantant tes vertus.

Mais un cruel destin trahit ma confiance.

Adèle, je n'espère plus !

Ainsi que cette fleur qu'on nomme sensitive,

Tu craignais que mon cœur t'aimait pour te faner !. .

Non, non, charmante enfant, ne sois pas si craintive

Mon cœur voulait te couronner !...


Un autre plus heureux possédera tes charmes,

Ton aimable candeur, tes beaux yeux, tes soupirs,

Et sans me désoler en versant quelques larmes,

Je porte ailleurs tous mes désirs !


Sur ton front virginal où la candeur rayonne,

Quand tu verras briller le jour de ton destin,

Un autre posera cette blanche couronne,

Que tu refuses de ma main !...

Adieu, jeune beauté, dont mon âme est ravie.

Ange dont le regard ravissant et divin,

Fit palpiter mon cœur! qu'une étoile bénie,

Brille toùjours sur mon chemin.

# QUELQUES CONSEILS

—

**A mon élève L*** G***

A l'occasion de son entrée au Collége.

Tu vas donc parcourir ce champ, cette prairie,

Où la science offre aux enfants

Toutes ses belles fleurs! Viens, une main aime,

Guidera tes pas chancelants.


Comme le papillon que le printemps ramène

Sur l'aile des nouveaux zéphirs,

Caresse chaque fleur d'une inconstante haleine,

Et vole au gré de ses désirs.

Ainsi dans tes beaux jours, ignorant de la vie,

Les soucis, les chagrins, les pleurs,

Tu cours d'un pied léger, et dans cette prairie

Tu ne rencontre que des fleurs.


Mais comme un jeune agneau sur la verte colline,

Trouve un obstacle à chaque instant.

Dans ta course souvent, une ronce, une épine,

T'arrêtera, mon cher enfant.


Que le courage alors remplisse ta pensee.

L'obstacle résiste à nos pleurs.

Ta carrière d'abord d'épines hérissée,

Se couvrira bientôt de fleurs.

Sois l'ami du travail, aborde-le sans crainte.

Il est amer mais précieux.

L'intelligente abeille à l'urne de l'absinthe

Puise un nectar délicieux.


N'ouvre jamais ton cœur à la haine, à l'envie,

Que le flatteur, l'ambitieux,

N'obscursisse jamais le charme de ta vie,

Par des discours pernicieux.


Si le dégoût venait dans ta noble carrière,

Te ravir sa sérénité ;

Redouble tes efforts, jamais ne désespère,

Brave toujours l'adversité.

Mais lorsqu'un beau laurier, une fraîche couronne,

Entourera ton front d'honneur,

Souviens-toi, mon ami, que Dieu seul te les donne,

Qu'il en est le dispensateur.

Et lorsqu'après un temps, une autre destinée,

A mon amour t'aura ravi,

Puisses-tu dans ta vie heureuse et fortunée,

Te souvenir de ton ami.

### A Mademoiselle M*** S***

Dis-moi, jeune beauté, ce gracieux sourire,

Que ne peut cacher la timide vertu,

Serais-ce le reflet de quelque heureux délire?

    Charmante enfant, m'aimerais-tu?


Ton regard ravissant, ta bouche fraîche et rose,

D'où s'échappe toujours ce sourire enfantin,

Quand tu me vois venir, enfant sur ton chemin,

    M'annoncent quelque chose!...

Que vois-tu donc en moi qui puisse te charmer ?

Est-ce le dernier jour du printemps de ma vie ?

Est-ce mon cœur souffrant sous la mélancolie,

    Que ton amour veut ranimer ?


Est-ce mon triste sort, que ton âme crédule,

Change dans son erreur, en de brillants destins ?

Est-ce mon pauvre luth qui jamais ne module,

    Que des chants enfantins ?


Est-ce un noble désir, une noble espérance,

De voir mes tristes jours à tes beaux jours unis.

Ainsi que le destin nous avait réunis,

    Dans le berceau de notre enfance ?

Est-ce l'amour naissant oppressé dans ton sein,

Trahissant tes soupirs, ton penchant, ta tendresse?

Est-ce peut-être encore un jeu de ta jeunesse?

Mon cœur est incertain !...


Quel que soit le secret, caché dans ce sourire,

Rêve de jeune fille, ou soupirs innocents,

Accueille doucement un accord de ma lyre,

Daigne répondre à mes accents.

# RÉPONSE

### à la pièce qui précède.

C'est un ardent désir, une douce espérance,

De voir mes jeunes ans à tes *beaux jours unis*,

Ainsi que le destin nous avait réunis.

  Dans le berceau de notre enfance.

  Et mon cœur est *à toi*

Si tu l'accepte au nom de la divine loi.

       M. S.

# A TOI.

—

A Mademoiselle M*** S***

A toi, toujours à toi, les accords de ma lyre.

A toi, toujours à toi, ma vie et mon amour.

A toi, toujours à toi, ce que mon luth m'inspire.

A toi, toujours à toi, mes chants de chaque jour.

A toi, toujours à toi, mon tendre cœur de père.

A toi, toujours à toi, mon tendre cœur d'époux.

A toi, toujours à toi, mes vœux et ma prière.

A toi, toujours à toi, mon espoir le plus doux.

A toi, toujours à toi, mes beaux jours, ma jeunesse.

A toi, toujours à toi, ma gaîté, mes plaisirs.

A toi, toujours à toi, mon bonheur, ma tendresse.

A toi, toujours à toi, mes pleurs et mes soupirs.

Jusqu'ici, chers lecteurs, ma muse un peu légère,

Par des frivolités occupa vos instants,

Elle ignorait encor tout le bonheur qu'un père

Eprouve à diriger les pas de ses enfants.

Elle ignorait aussi que toujours la famille

Inspire des accents au cœur d'un tendre époux.

Je vais donc moduler pour ma petite fille,

Pour mes petits enfants, mes accords les plus doux.

# SUIS TON CHEMIN

—

**A Mademoiselle S\*\*\* A\*\*\* P\*\*\***

Jeune fille, beauté, jeunesse,

Lorsque tu me vois en passant,

Pourquoi cette vive allégresse ?

Pourquoi ce front tout rougissant ?

Pourquoi cet œil noir qui scintille ?

Pourquoi ce sourire enfantin ?

Ne me souris pas, jeune fille,

Jeune fille, suis ton chemin !


A d'autres ton joyeux sourire,

A d'autres encor tes amours,

A d'autres ton heureux délire,

Et tes soupirs de tous les jours.

A d'autres ce front pur qui brille,

Comme la rose du matin.

Je ne puis t'aimer jeune fille,

Jeune fille, suis ton chemin !


J'ai consacré ma destinée,

J'ai consacré tout mon amour,

A celle que Dieu m'a donnée

Pour compagne de chaque jour !

Mon amour est à ma famille,

Aux enfants que guide ma main,

Ne le trouble pas jeune fille,

Jeune fille, suis ton chemin !

Oh ! je l'aime comme une mère

Aime son enfant au berceau,

Comme une petite bergère

Aime son plus petit agneau.

Je l'aime plus que ma famille,

Je l'aime d'un amour sans fin.

Laisse-moi l'aimer, jeune fille;

Jeune fille, suis ton chemin !


Humble, modeste, douce et sage,

Pleine d'amour pour ses enfants,

Elle est toujours à son ménage,

Et ne sourit pas aux passants !....

Tout entière aux soins de l'aiguille,

Elle coud dès le grand matin :

Laisse-la coudre, jeune fille,

Jeune fille, suis ton chemin !


Puis, lorsque la nuit est venue,

Elle soigne sa chère enfant,

La prend dans ses bras, presque nue,

Et la berce en la caressant.

Pour l'endormir, douce et gentille,

Elle module un chant divin :

Laisse-la chanter, jeune fille,

Jeune fille, suis ton chemin !

## A Monsieur P*** C*** d'Oran,

Qui avait critiqué dans un article la pièce de vers qui précède.

Aristarque, jeune critique,

Cruel ennemi de mes chants,

Pourquoi d'un fiel si satyrique

Flétrir mes accords innocents ?

D'une Harpie ou d'une Parque,

Serais-tu l'enfant inhumain

Pour voir tant de mal, Aristarque,

Dans ce pauvre : *Suis ton chemin !*

Je ne crois pas que l'innocence,

Ait à rougir de mes accents,

Je crois plutôt ton espérance,

Assez jalouse de mes chants.

Dans ton savoir j'en vois la marque,

Et l'assurance en ton venin :

Ne sois pas jaloux, Aristarque,

Suivons en paix notre chemin!


Chantons plutôt en harmonie,

Toi ton savoir et ta fierté,

Et moi ton malheureux génie,

Qui gémit dans l'obscurité.

Chantons en guidant notre barque,

Loin de tout rivage inhumain :

Soyons amis, cher Aristarque,

Suivons en paix notre chemin !


Le Parnasse en lauriers abonde.

Les Muses ont eu, de tout temps,

Des couronnes pour tout le monde

Et des faveurs pour leurs enfants.

Laisse donc y voguer ma barque,

Ne l'arrête pas de ta main :

Soyons amis, cher Aristarque,

Suivons en paix notre chemin !

## A ma Fille

Qui m'avait demandé quatre vers.

Le premier de ces vers te donne le bonjour.

Le second, chère enfant, te donne mon amour.

Le troisième mon cœur, accepte-le, Marie.

Le quatrième un baiser, à ma fille chérie.

# LE RÊVE D'UN ENFANT.

—

A mes Enfants.

Bien de fois j'ai chanté pour guider votre enfance.

Ma lyre maintenant a besoin de silence,

Elle se repose un instant.

Petits amis, en attendant,

Je vais vous raconter une petite histoire.

Puissiez-vous en orner votre fraîche mémoire.

Puisse votre jeunesse en tirer quelque fruit.

Venez, écoutez bien, ne faites pas de bruit :

Dans un de ces jardins, berceau de l'innocence,

Où les petits enfants vont cueillir la science,

On entendait un jour des chants harmonieux,

Puis on voyait partout des visages joyeux.

C'était un jour de fête !

Une gaîté parfaite

Régnait dans tous les cœurs:

Des guirlandes de fleurs,

Des couronnes dorées,

Annonçaient aux jeunes vainqueurs

Les vacances tant désirées.

Et puis encor des prix, puis des embrassements,

Des emblêmes d'honneur, des applaudissements,

Tout annonçait la fin des luttes littéraires.

Et de petits enfants,

Assis près de leurs mères,

Attendaient, envieux, la couronne d'honneur.

Lorsqu'une douce voix désignait un vainqueur,

Froissant sur son passage une robe soyeuse,

Il courrait vers sa mère et la rendait heureuse,

En lui montrant, joyeux, ses blonds cheveux bouclés,

Aux feuilles de laurier sans art entremêlés.

Puis, au même bonheur, on appelait son frère,

Et, bondissant de joie, il disait à son père :

Nous sommes couronnés ! qu'aurons-nous en retour ?

Enfants, répondait-il, mon ange, mon amour,

Entre ta mère et moi partage tes richesses,

Donne-nous ta couronne et reçoit nos caresses.

Viens vite m'embrasser, viens, tu me rends heureux,

Mon cœur en te voyant rêve aux anges des cieux.

Et la petite sœur couronnant l'autre frère,

Enviait son bonheur et disait à sa mère :

Mais qu'ils sont beaux, maman, les enfants studieux,

J'aime à les contempler, ils sont remplis de charmes !

Mais hélas ! ici-bas, tout est mêlé de larmes !

Il faut qu'un vase d'or recèle encor du fiel,

Et qu'un sombre nuage obscurcisse un beau ciel.

Dans une belle fête,

Dans un brillant festin,

Il faut toujours une âme inquiète.

Il faut que le cruel chagrin,

Mêle son amertume aux accords de ma lyre.

Il faut qu'en ce moment je chante le sourire,

De mes petits amis tous couronnés de fleurs,

Sur un luth malheureux inondé de mes pleurs.

Il faut qu'au jour des prix, notre vive allégresse,

Parmi de -beaux lauriers trouve encor la tristesse !

Seul, un jeune homme assis tout près de ces enfants,

Paraissait accablé d'une douleur amère.

Ces applaudissements,

Ces couronnes de fleurs, ces baisers d'une mère,

Rappelaient dans son cœur de tristes souvenirs.

Et ses profonds soupirs,

De ces joyeux enfants troublaient le doux sourire !...


Hélas ! se disait-il, je pleure et je soupire,

Pendant qu'autour de moi tout chante, tout sourit.

Tout est dans l'allégresse et mon cœur seul gémit.

Ici tout est bonheur, la gaîté m'environne,

Tous les fronts sont ornés d'une fraîche couronne,

Tous ces petits enfants sont comblés de faveurs,

  Et moi seul je verse des pleurs !


Comme eux, j'ai traversé l'âge heureux de l'enfance,

Mais comme eux je n'ai pas cultivé la science.

Je n'ai pas travaillé, j'étais bien paresseux.

Aussi, devenu grand, je suis bien malheureux !

Ennemi des leçons qu'on donnait à l'école,

Je n'aimais que le jeu, que le plaisir frivole,

Je n'aimais que les champs, les oiseaux et les fleurs,

Et que m'en reste-t-il ? des regrets et des pleurs !


Tous ces petits amis que j'avais au jeune âge,

Des beaux jours de l'enfance ont fait un bon usage,

Lorsque je m'amusais à cueillir quelques fleurs,

Ils allaient à l'école appliqués à l'étude.

Bien heureux maintenant, exempts d'inquiétude,

Ils coulent d'heureux jours, ils sont dans les honneurs,

Et moi, pauvre ignorant, seul je verse des pleurs !


Oh ! reviens, disait-il, reviens ma belle enfance,

Age des plaisirs purs, âge de l'innocence,

Age exempt de regrets, âge où le noir chagrin,

Ne vient jamais troubler le sourire enfantin.

Je rougis d'être ainsi tout seul dans l'ignorance !

Reviens, je veux cueillir la fleur de la science !


Son enfance revint au gré de ses désirs !

Calmant alors ses pleurs, arrêtant ses soupirs,

Il se mit au travail, et, studieux élève,

Il devint un savant !

Ne vous étonnez pas, car ce n'était qu'un rêve,

*Le rêve d'un enfant*

# RÊVERIE.

—

A mon Ami A*** L***

A l'occasion de son mariage.


Quand j'étais jeune comme toi,

J'aimais aussi la rêverie.

Je rêvais cette douce loi,

Qui vint m'unir à mon amie.


Je rêvais mon futur destin.

Je rêvais une jeune fille,

Et dans ce rêve tout divin,

Déjà je voyais ma famille.

Je rêvais un front radieux,

Orné d'une blanche couronne.

Je rêvais un cœur amoureux,

Pour m'aimer comme Dieu l'ordonne.


Je rêvais ce jour de bonheur,

Où suivi d'un brillant cortége,

J'allais à l'Autel du Seigneur

Froisser une robe de neige.


Je ne rêvais pas la beauté ;

Mais je rêvais la modestie.

Je rêvais dans ma pauvreté,

Un cœur pour soutenir ma vie.

Je ne rêvais aucun atour.

Je ne rêvais pas les princesses.

Je ne rêvais qu'un pur amour,

Dépouillé de toutes richesses.


Je la rêvais pour mes enfants,

Humble, modeste, douce et sage.

Je la rêvais loin des amants !

Je la rêvais à son ménage.


Je rêvais l'amour d'un époux.

Je la rêvais toute gentille.

Je rêvais l'amour le plus doux.

Je rêvais une PAUVRE FILLE !

5

Et cette modeste beauté,

Qui caressait ma rêverie,

Me caresse de sa bonté

Et fait le bonheur de ma vie.


Pour moi, je sens, en la voyant,

Battre son cœur dans son corsage ;

Elle porte ce bouquet blanc,

Qui met la rougeur au visage.


Dieu fasse qu'un égal destin

Couronne aussi ta modestie.

Puisse toujours, sur ton chemin,

Briller une étoile bénie.

Mostaganem, mai, 1864.

### A mon élève L*** B***

**Qui pleurait parce qu'il ne comprenait pas le sens d'une version latine.**

Dis-moi donc, mon enfant, qui cause tes alarmes?

Pourquoi tous ces sanglots, ces soupirs et ces larmes ?

Les soucis dévorants et le cruel chagrin,

Auraient déjà troublé ton front pur et serain ?

Ton visage, miroir de gaîté, d'allégresse ?

Mais j'ai compris, je crois, tes pleurs et ta tristesse.

Tu ne peux pas, mon fils, faire ta version !

Viens, je vais te guider; fais bien attention,

Mais avant, promets-moi de perdre l'habitude

De pleurer quand il faut s'appliquér à l'étude ;

Car c'est par le travail et non pas en pleurant,

Que l'on peut acquérir le titre de savant.

Ce n'est qu'en bataillant qu'on gagne la victoire :

Sans efforts, sans combats, point d'honneur, point de gloire.


Qui ne sut pas braver une difficulté,

Ne vit jamais son nom dans la célébrité.

Reprends vite ton livre et montre-moi la page,

C'est, mon petit ami, le parti le plus sage ;

Je vais, par un exemple, une comparaison,

T'apprendre le secret de toute version !

Ecoute, mon enfant, ce que je vais te dire,

Sèche vite tes pleurs et reprend ton sourire ;

A tes petits chagrins, laisse-moi prendre part.

Supposons qu'un grand peintre, habilé dans son art,

Te montrant un tableau scellé de son génie.

Te dise : pourrais-tu m'en faire une copie ?

Que ferais-tu, mon fils, pour sortir d'embarras ?

Tu prendrais, à l'instant, ton pinceau, n'est-ce pas ?

Et tu t'efforcerais, guidé par le modèle,

D'en faire un autre exact, ressemblant et fidèle,

Imitant les couleurs, les traits, l'expression,

Tu peindrais, la gaîté, l'ardeur, la passion,

Le chagrin, le désir, une fureur ardente,

Selon ce que l'auteur exprime ou représente;

Tu ferais ressortir la fraîcheur d'un enfant,

Des rides sur le front d'un vieillard chancelant.

Lorsque ton professeur, désireux de t'instruire,

T'annonce du latin, ou du grec à traduire,

C'est ce peintre, mon fils, qui vient te consulter !

Tu sais qu'il a toujours bien soin de te noter

La ligne qui termine et celle qui commence.

Cela, mon cher ami, n'est pas sans importance ;

C'est pour te renfermer dans un cadre parfait,

Le récit d'un auteur, un épisode, un fait.

Quel que soit ce récit, sans mérite ou sublime,

C'est toujours un tableau que la pensée anime.

Ainsi, la version n'est donc qu'un vrai tableau

Que doit refaire encore la plume, ton pinceau.

Mais le peintre, l'auteur, vivait dans un autre âge,

Son coloris n'est plus maintenant en usage.

Il faut le retracer avec d'autres couleurs.

Voilà ton embarras, la cause de tes pleurs !

Mais, rassure-toi donc, ce n'est pas difficile;

Le coloris, mon fils, c'est simplement le style ;

C'est le choix des bons mots, la composition,

La marche de la phrase, et puis l'expression

Dont l'auteur s'est servi pour composer l'ouvrage

Que tu transcris ici dans un autre langage.

Il faut donc, avant tout, connaître la valeur,

Le sens de chaque mot employé par l'auteur.

Ce travail, mon enfant, est très-facile à faire :

Tous les mots sont écrits dans ton dictionnaire.

Il faut les chercher tous avec attention,

C'est le plus important pour une version.

Après cela, mon fils, il faut, avant d'écrire,

Comprendre, méditer ce que l'auteur veut dire;

Il faut saisir enfin l'ensemble du tableau;

Et tu reproduiras, dans un style nouveau,

Tout ce que dit l'auteur, son sujet, sa pensée.

J'ai vu beaucoup d'enfants, d'une ardeur insensée,

Qui, trop peu studieux et pressés de finir,

Ecrivaient tous les mots sans jamais réfléchir.

Ce mauvais procédé, cette triste méthode,

Chez les petits enfants n'est que trop à la mode.

Ne les imite pas, car toute version

Exige du travail et de l'attention.

Travaille donc, mon fils, ranime ton courage,

Ne te désole plus, mais reprends ton ouvrage.

Il t'en coûte, parfois, jusqu'à verser des pleurs,

Mais qui, sans quelque épine, a pu cueillir des fleurs!

## A une jeune Fille

### Douze fois couronnée à une distribution de prix.

Tu sais bien qu'une muse ainsi que toi jolie,

Caressant mon berceau tout humide de pleurs,

Me permit de jouer avec la poésie.

Une rose, un sourire, un enfant, quelques fleurs.

Tout m'inspire des chants, et ma lyre obstinée,

Veut encor moduler le nom de cette enfant

Que je vis l'autre jour douze fois couronnée

D'un laurier triomphant.


Ne t'étonne donc pas, enfant, rose charmante,

Ne trouve pas en moi trop de témérité

Si j'ose aussi chanter, d'une voix inconstante,

Les plus heureux succès couronnant la beauté,

Les modestes vertus, car ma lyre étonnée,

Redit toujours le nom de cette belle enfant,

Que je vis, l'autre jour, douze fois couronnée

D'un laurier triomphant.


L'avenir te sourit, il t'apporte, à main pleine,

Des lauriers, des succès, des couronnes de fleurs,

Dont l'une a ta beauté, l'autre ton haleine,

Ta blancheur, ton parfum et tes fraîches couleurs.

Mon luht chante déjà l'heureuse destinée

Que le destin réserve à cette belle enfant

Que je vis, l'autre jour, douze fois couronnée

D'un laurier triomphant.


Que ce soit le génie ou l'instinct qui te guide,

Tu peux, dès ce beau jour, voguer sans nul effroi.

Tes succès, tes talents te serviront d'égide,

Si jamais la tempête arrivait jusqu'à toi.

Mais quels que soient ton sort, ta noble destinée,

Souviens-toi de ce jour où tu fus, belle enfant,

Devant moi. jeune encor, douze fois couronnée

D'un laurier triomphant.

# LES JEUNES POÈTES

—

**A mes Enfants.**

Qui voulaient apprendre à faire des vers.

Est-ce pour vous jouer de mes faibles accents,

Que vous forcez ma muse à reprendre ses chants ?

Vous voulez, mes amis, connaître ce langage

Qu'on ne parle jamais quand on est à votre âge !

Vous voulez, tout petits, nouveaux venus des cieux,

Pénétrer les secrets de ce don précieux

       Qu'on nomme poésie !

      Ce langage mystérieux,

Qui charme notre cœur par sa douce harmonie!

Mais vous n'y pensez pas !

Il faut, petits enfants, qu'on guide encor vos pas,

Il faut que, tous les jours, je vous apprenne à lire,

Et vous voulez déjà manier une lyre !


Enfants, tout mon amour, vous apprendre à chanter,

Pour moi, c'est un mystère !

Mais si quelques conseils pouvaient vous contenter,

Venez, écoutez bien, je vais vous satisfaire.


Vous avez vu, par fois, au retour du printemps,

Lorsque la nature est si belle,

La diligente abeille effleurer de son aile

Les roses des jardins, les fleurettes des champs,

Le brillant tournesol, le lis de la vallée,

Et l'arbrisseau naissant dont la fleur étoilée,

Pour la première fois vit son parfum ravi.

Voyez-la bourdonner sous le gazon fleuri !

Elle sait découvrir, sous l'épaisse bruyère,

Cette humble violette, au calice embaumé,

Echappée aux regards de la jeune bergère.

Et puis, d'un souffle parfumé,

Elle effleure sans crainte

Une aubépine en fleur, un chardon dangereux.

A l'urne de l'absinthe,

Elle retrouve encor un suc délicieux.

Puis, à la fin du jour, à la ruche elle vole,

Pour déposer dans l'alvéole

Tout son riche butin !

Et lorsque le printemps approche de sa fin,

Quand on ne trouve plus de fleurs dans la prairie,

    Elle voit sa ruche remplie

    Du nectar le plus précieux.


Vous qui voulez parler le langage des cieux,

Vous êtes, mes enfants, au printemps de la vie,

Et vous avez aussi votre belle prairie,

    Votre riant jardin.

Comme la jeune abeille, allez, chaque matin,

Dans ce petit verger qu'on appelle collége,

Que l'amour du travail forme votre cortége.

On y cultive, enfants, toutes les belles fleurs.

Ces livres qu'on vous lit, tous ces brillants auteurs,

    Tous ces chefs-d'œuvre de génie,

Récèlent le parfum de cette poésie,

Qui sait toujours charmer nos cœurs.

Comme la jeune abeille aime le suc des fleurs,

Aimez-les, lisez-les, relisez-les sans cesse.

Profitez des instants d'une belle jeunesse.

Ayez pour compagnon un livre bien écrit,

      Ornez-en votre esprit

      Et votre intelligence.

Il en coûte si peu quand on est à l'enfance !

Abandonnez souvent vos plaisirs enfantins,

Pour lire ces auteurs, ces ouvrages divins.

Ayez bien soin d'orner votre fraîche mémoire,

De tous ces traits brillants que vous cite l'histoire.

Vous en verrez bientôt toute l'utilité.

      Abordez avec fermeté

      Ce devoir *difficile*,

Cette *longue* leçon qui vous semble inutile.

On vient à bout-de tout avec un peu d'ardeur.

Après bien du travail .et bien des sacrifices,

D'un poète célèbre imitez les prémisses.

Choisissez un sujet qui touche votre cœur.

Laissez aller la *muse* où l'esprit la dirige.

Le génie enchaîné n'enfante. aucun prodige !

Vos débuts n'iront pas enchanter le lecteur,

Mais, d'une faible voix, la timide fauvette,

Gazouille bien aussi, quand le printemps s'apprête

     A lui rendre ses chants.

    Courage, mes enfants,

Puissiez-vous voir un jour à quel prix on achète

Le plaisir de parler comme parle un poète.

# CHASTETÉ ET CHARITÉ

—

## A ma Fille

### Qui m'avait demandé des vers.

Mon cœur, ma chère enfant, pour chanter une rose,

Ne sut jamais trouver d'harmonieux accents.

De peur de la faner, je tiens ma bouche close,

Réservant mes accords pour les petits enfants !...

Mais, puisque tu le veux, ma muse fugitive,

S'arrêtant aux désirs d'une jeune beauté,

Chantera les vertus d'une vierge craintive,

      Rare trésor de chasteté.

Que toujours la pudeur soit ton plus beau cortége.

Rien ne vaut, mon enfant, cette charmante fleur

Que tu verras un jour à ta robe de neige,

Si tu n'altères pas son parfum, sa blancheur,

Qu'une belle innocence, une candeur naïve

Révèle dans ton cœur cette simplicité

Qu'on admire toujours dans la vierge craintive,

      Rare trésor de chasteté.


Il est une humble fleur sous des flots de verdure

Qui toujours dérobée aux regards du passant,

Embaume nos jardins de l'odeur la plus pure.

Comme elle sois modeste et belle en l'ignorant.

Si parfois le méchant que ta beauté captive

Cherche à troubler tes jours si remplis de gaîté

Montre-lui, mon Enfant, qu'une Vierge craintive,

Est un trésor de chasteté.


Du pauvre malheureux en proie au noire délire

Et qui souffre toujours sous le poids du malheur

Daigne accueillir les maux avec ce doux sourire

Dont tu te plais souvent à réjouir mon cœur.

Bel ange de la terre, entends sa voix plaintive,

Caresse son malheur avec tant de bonté

Qu'il puisse dire, Enfant, qu'une Vierge craintive,

Est un trésor de charité.


De l'orpheline en pleurs soulage la misère,

Ranime son esprit et son âme abattus,

Aime-la, mon enfant, comme l'aimait sa mère,

Mets dans son jeune cœur les modestes vertus,

Caresse-la toujours. A ta table convive,

A ses maux, à ses pleurs oppose ta bonté

Et qu'elle dise aussi qu'une vierge craintive,

   Est un trésor de charité.


Lorsque dans un jardin parmi les fleurs écloses,

Tu cherches, belle enfant. la plus belle des fleurs,

Tout en cueillant le lis, la violette et les roses

Dont tu sais avec art nuancer les couleurs,

Mêle à ton frais bouquet l'aimable sensitive.

C'est l'emblême vivant de la timidité.

C'est le symbole vrai d'une vierge craintive,

   Rare trésor de chasteté.

Sur ton front virginal où la beauté rayonne,

Quand je verrai briller le jour de ton destin,

Puissé-je sans regrets voir la blanche couronne

Que t'offrira l'époux en te donnant sa main.

Et si de ton banquet je puis être convive,

Mes chants seront des vœux pour ta félicité,

Et mon luth redira qu'une vierge craintive,

Est un trésor de chasteté.

# A Monsieur le Recteur.

DE L'ÁCADÉMIE D'ALGER

A l'occasion de son passage à Philippeville

On dit que Russicade était une cité,

Célèbre dans l'antiquité,

Que l'aigle des Césars, dans ce temps qu'on renomme,

D'un vol audacieux,

Transporta sur ces bords les étendards de Rome

Et ses enfants victorieux.

Puis refoulant au loin la vieille barbarie,

D'un rivage désert fit une colonie,

Autre empire romain.

On dit qu'alors surgit de ce sol africain

Une cité prospère,

Œuvre des Marius, des Septime-Sévère

Œuvre des Constantin,

Des Trajan, des Constance,

Que ce peuple vainqueur érigea dans son sein,

Un temple à la science ;

Et parmi tous les monuments,

Dont la magnificence,

Semble encor défier les temps,

Des asiles nombreux pour instruire l'enfance ;

Et que de fameux orateurs,

De célèbres savants quittant le capitole,

Vinrent à Russicade illustrer son école ;

Que d'habiles rhéteurs

Instruisaient la jeunesse.!...

Mais qu'un jour de détresse,

Un Vandale, de haine et d'orgueil emporté

Renversa l'antique cité !....

On ne vit plus alors que ruines fumantes.

Ces aigles toujours triomphantes,

Trouvèrent un vainqueur,

Et Russicade alors vit tomber sa splendeur !....

Longtemps elle fut oubliée.

Une horde barbare en son sein conviée

Riait de son malheur.

Mais ce mépris eut un vengeur :

Un peuple de héros, les enfants de la France,

Vengèrent des tyrans l'orgueilleuse insolence,

Et respectant partout ses débris de grandeur,

A l'antique cité rendirent son honneur

Et sa magnificence !


Comme ce beau soleil.qui paraît dans le ciel,

Et vient tout lumineux dissiper les ténèbres,

Sur ces bords à jamais célèbres,

On vit alors paraître un génie immortel !

C'était un messager de notre belle France,

Qui portait sur ces bords les arts et la science.

Il dit à nos soldats :

Cessez jeunes héros, cessez tous vos combats ;

Plus d'etendards de guerre.

Et sa main, à grands flots, répandait la lumière

De la civilisation,

Interprète des temps, des âges qu'il ranime,

Il poursuit, n'écoutant que l'ardeur qui l'anime,

Sa noble mission.

Partout, il court, il vole,

Pour doter nos cités d'une nouvelle école.

La science à sa voix surgit de son oubli ;

L'asile de l'enfance est par lui rétabli.

De son égide tutélaire,

Il protége toujours ce béni sanctuaire,

Avant-coureur de la prospérité,

Que les nouveaux enfants de l'antique cité

Cherchent sur ce rivage.

Rome voit par sa main revivre son ouvrage.

Cicéron ses chefs-d'œuvre et Virgile ses chants.

Salluste son beau livre admiré de tout âge,

Et César les récits de ses combats sanglants.


Dans ma petite intelligence,

Je vois beaucoup de ressemblance,

Entre ce messager, ce digne protecteur,

Et vous, illustre visiteur !

Oh ! puissent vos efforts comme l'urne odorante,

Que d'une main tremblante,

Balance un jeune enfant aux pieds du saint autel,

Monter jusqu'au trône éternel !

Puissent-ils vous tresser cette belle couronne,

Que portent les élus,

Car les fronts dévoués c'est Dieu qui les couronne,

D'une auréole de vertus !

## A Mademoiselle A*** A***

En réponse à la charmante pièce de vers qu'elle a bien voulu me
dédier et qui finit par cette strophe :

> Et dans l'art de la Poésie,
> Je n'ai jamais eu de Mentor,
> J'ai fait des vers par rêverie,
> Comme j'en fais souvent encor.
> ADÈLE ARNAULD.

Non, dans l'art de la poésie,

Tu n'as jamais eu de Mentor,

Tu fais des vers par rêverie,

Charmante enfant, suis ton essor.

Suis-le, car un Génie, un ange de lumière,

Qui sur l'humble berceau que balance une mère,

Jette un regard mystérieux,

Vint un jour, rayonnant, de la sphère Éternelle,

T'apporter une lyre aux chants harmonieux,

Et te caressant de son aile,

Il t'apprit le secret des plus tendres accords.


Sans ce don tout divin, malgré tous nos efforts,

La lyre entre nos mains serait toujours muette.


Pour moduler des chants il faut naître poète !...


Et puis, tu le sais bien : le plus petit oiseau

N'apprends pas à bâtir son nid, touchant mystère.

Le plus petit enfant, captif dans un berceau,

N'apprend pas à sourire à l'amour de sa mère.


Pour la première fois, amoureux du printemps,

Étonné de se voir hors de la bergerie,

L'agneau, petit encor, en parcourant l es champs,

N'apprend pas à brouter l'herbe de la prairie.


Tous les ans, quand l'hiver a cessé ses rigueurs,

L'arbrisseau n'apprend pas à se couvrir de fleurs,

Riche parure du bocage.

La jeune fille, à peine au sortir du jeune âge,

Cœur brûlant, sein gonflé de soupirs innocents,

N'apprend pas à rêver cette blanche couronne,

7

Qu'un époux fait tomber de son front qui rayonne

      D'une auréole de quinze ans.


L'abeille n'apprend pas, ingénieuse ouvrière,

A recueillir le miel caché sous la bruyère,

      Et dans le calice des fleurs.


Et puis, pour égaler ta beauté qu'on adore,

La rose n'apprend pas, au matin, à l'aurore,

      A se vêtir de ses fraîches couleurs .


Le ruisseau n'apprend pas à courir les vallées

Pour orner le gazon de ses fleurs étoilées

      Riche parure de nos champs.

Et moi, *jeune beauté* qui caresses ma lyre,

Je n'ai jamais appris à moduler des chants;

Mais parfois une muse au gracieux sourire

Se plaît à mélanger quelques gouttes de miel

A l'amertume de ma vie :

C'est alors que mon cœur, transporté dans le ciel,

S'amuse avec la poésie.

# MA PREMIÈRE PIÈCE DE VERS.

—

### A Mgr l'Évêque d'Alger.

**Fondateur-protecteur des maitrises de son diocesse.**

(Lue par un petit enfant de chœur.)

Monseigneur,

Si j'ose en ce beau jour vous parler un langage

Qu'on ne parle jamais quand on est à mon âge,

    Ne vous étonnez pas !

J'ai besoin, faible enfant, qu'on guide encor mès pas ;

Ma main n'a jamais su manier une lyre

Et malgré mes efforts,

Ma voix ne sut jamais murmurer des accords.

Mais tout en bégayant je saurais bien vous dire

Tout ce que fit pour nous un aimable pasteur,

Un digne et tendre père.

Si mon luth est muet n'écoutez que mon cœur :

Un jour je disais à ma mère ·

Mais qu'ils sont beaux, maman, tous ces petits enfants,

Que je vois à toute heure,

Réjouir de leurs chants

La divine demeure.

Que j'aime à contempler ce costume nouveau,

Ces couleurs nuancées,

Ces urnes balancées !...

Je trouve tout cela bien beau !

Et cette voix douce et craintive

Qui chante le nom du Seigneur,

Et puis cette pompe naïve,

Ne charment-elles pas ton cœur ?

C'est bien touchant, maman, qui donc a su 'e faire ?


Enfant, me répondit ma mère,

Le temple du Seigneur où tu vas chaque jour,

Offrir au bon Dieu ton amour,

N'avait pas autrefois ce que ton cœur admire

Écoute : j'ai peine à le dire,

l'as une voix d'enfant

N'égayait son enceinte,

Pas un seul ornement

Pour la majesté sainte.

Et le pauvre Pasteur,,

Bien des fois était seul à l'autel du Seigneur !

Mais un beau jour, un ange,

Sans doute détaché de la sainte phalange

Et messager du Ciel

Sur ces lointains rivages

Pour rendre à Dieu de plus dignes hommages,

Vint embellir son culte et son autel.

Autour du sanctuaire,

C'est lui qui convoqua tous ces petits enfants ;

C'est lui qui leur apprit à moduler des chants,

A dire une prière;

C'est lui qui te donna l'habit d'enfant de cœur,

Cette robe soyeuse,

Qui rend ta mère heureuse,

Quand elle te regarde à l'autel du Seigneur !

Et non content de ces charmantes choses,

Sur tes pas il voulut encor semer des roses.

Ange inondé d'amour, pour vous, petits enfants,

Protecteur de votre jeunesse,

Il voulut préserver du contact des méchants,

Votre jeune faiblesse

En vous réunissant près de son tendre cœur,

Où vous goûtez votre bonheur,

Où l'on apprend à devenir bien sage,

Et des présents du ciel à faire un bon usage !

Oui, bien tendre pasteur, grâce à votre bonté,

Un jour pur et serein parmi nous toujours brille,

Riche de votre charité,

Votre intéressante famille

Que vous aimez d'un saint amour,

Grandit heureuse en ce charmant séjour ;

Et non content d'abriter sous votre aile,

Le peuple du Seigneur dans ses nombreux besoins,

Votre tendresse paternelle

Nous réserve toujours ses plus généreux soins.

Ainsi dans les vertes prairies,

Quand le pasteur va guider ses troupeaux,

Tout en veillant sur ses brebis chéries,

Aime avec plus d'amour ses timides agneaux,

Comme le rosier à la saison des fleurs

Offre à cette main bienfaisante,

Qui versait à ses pieds l'onde vivifiante,

Une rose aux fraîches couleurs,

Nous venons vous offrir l'image de nos cœurs.

C'est la plus belle rose

De ce petit verger que votre main arrose !

Petits enfants gâtés,

Pourquoi ne pas le dire ? on dit tout à son père,

Et puis il faut être sincère,

Nous avons quelquefois méconnus vos bontél,

Votre aimable tendresse,

Mais pardonnez cette faiblesse

A vos enfants chéris qui ne le feront plus,

Ils auront plus d'égards pour vos belles vertus.

# AMOUR ET RECONNAISSANCE.

—

## LES ORPHELINS SOULAGÉS.

—

A mon Bienfaiteur J*** B*** C***

### ALLÉGORIE

Agités par le vent, brûlés par la gelée,

Deux jeunes arbrisseaux, dans une humble vallée,

Se courbaient tout flétris.

Sans secours, sans soutien, vers la terre penchée

Leur tige se mourait, elle était desséchée

Et n'avait point d'abris.

Petits bourgeons naissants, vous n'êtes qu'à l'aurore,

Vous n'êtes qu'au printemps, vous pourriez vivre encore,

     Et vous allez périr.

Vous allez succomber, et l'orage vous presse ;

Personne, soutenant votre jeune faiblesse,

     Ne vient vous secourir.


Mais non, dit une voix de leur sort attendrie

Un robuste olivier, je vous rends à la vie,

     Vous ne périrez pas !

Venez à mes côtés, sous mon épais feuillage.

Venez, abritez-vous, cachez votre jeune âge

     Menacé du trépas.

Attachez-vous à moi, la cruelle froidure,

Ne desséchera plus votre tendre verdure,

Pauvres petites fleurs,

A l'abri du danger du vent, de la tourmente,

Vous aurez de ma main, l'onde vivifiante,

Et toutes mes faveurs.


Oui, vous êtes pour nous, Enfants de la tourmente,

Ce sensible olivier! votre bonté constante,

Quand un cruel destin

Sans pitié pour nos maux, pour notre âge débile,

Nous eut abandonnés sans secours, sans asile,

Vint nous tendre la main.


Comme lui, généreux dans notre âme oppressée,

Toujours vous rèpandez cette douce rosée

Qui ranime nos cœurs ;

Et toujours sur nos-pas votre aimable tendresse

Écarte avec amour l'épine qui nous blesse

Pour y semer des fleurs.


Puissiez-vous, ô mon Dieu, d'une main tutélaire,

Nous conserver longtemps ce tendre second père ;

Il est si bon, si doux ;

Et vous, anges du Ciel qu'en sa faveur j'implore

Ne nous l'enlevez pas, laissez-le nous encore,

Ne soyez point jaloux.

# CHARITÉ

A tous les invités au bal donné par le bureau de bienfaisance de Mostaganem, au profit des pauvres de cette ville

Décembre 1863.

Charité, nom divin qui réveille ma lyre,

Jette sur notre bal un regard caressant.

Jette sur nos beautés un gracieux sourire,

Et montre au riche heureux ton cœur compatissant.

Dis-lui que l'indigent, le pauvre, est notre frère,

Et que notre devise est : générosité.

Dis à tous que mon luth module une prière

Que m'inspire la charité.

8

N'est-tu pas ce refuge en qui toujours espère,

Et le riche à la tombe en regardant le ciel,

Et le pauvre indigent qui n'a sur cette terre,

Pour étancher sa soif, qu'une coupe de fiel,

Pour alléger ses maux, ton gracieux sourire

Et pour calmer sa faim, ta générosité?

N'est-tu pas cet écho qui répond à ma lyre

      Oui, je m'appelle charité.


Viens, nous irons quêter à la ronde, à la danse.

Viens, nous aurons pour tous un mot doux et touchant.

Avec la charité, marche aussi l'espérance,

Le seul bien qu'ici bas possède l'indigent !

Au riche, heureux du monde, assis près d'une rose,

A la vierge craintive, à la jeune beauté,

A la petite fleur nouvellement éclose,

Nous parlerons de charité.

Au riche, nous dirons : ne fuis pas nos quadrilles,

La charité convie à son joyeux festin

Tous les cœurs généreux, roses et jeunes filles,

Pour soulager le pauvre et vêtir l'orphelin,

Fais en valsant le tour des misères du monde,

Et sans troubler en rien tes plaisirs, ta gaîté,

Laisse tomber un peu de cet or qui t'inonde

Dans les mains de la charité.

Nous dirons à la mère : au nom de l'espérance,

Conduis ta jeune fille au festin de ce jour;

Et pour le malheureux, le pauvre, l'indigence,

Garde aussi dans tôn cœur un peu de ton amour !

Car l'amour d'une mère est l'amour le plus tendre,

Son cœur est un trésor de générosité,

Son âme un vase d'or où Dieu voulut répandre

Le parfum de la charité.


Et nous dirons à tous : donnez pour l'infortune.

Donnez pour que mon luth ne vibre pas en vain.

Donnez la *charité*, riches, c'est la fortune.

Donnez la *charité*, vous donne à pleine main.

Donnez la charité, c'est l'ange qui console.

C'est l'ange de bonheur et de prospérité.

Donnez, laissez tomber votre petite obole

Dans les mains de la charité.

Donnez tous car l'aumône est sœur de la prière ;

La prière est l'encens qui monte jusqu'au cieux ;

Donnez, mais sans éclat et même avec mystère,

Là-haut veillent sur vous des témoins précieux ;

Donnez, laissez tomber au plat de l'indigence

L'or que donne aux heureux la superfluité ;

Oui, donnez sans regret, l'aumône et l'espérance

Sont les sœurs de la charité.

# SOIS MODESTE COMME TA MÈRE.

—

A ma Fille.

Ma muse, quelques temps, errante et vagabonde,

Pour toi, ma chère enfant, refusa de chanter.

Imprudente, elle allait offrir à tout le monde,

Des vers sur des sujets qu'elle ne peut traiter.

Mais enfin, de retour au sein de la famille,

Toute confuse encor de son égarement,

Elle veut moduler quelques chants pour ma fille,

Ecoute-la, ma chère enfant :

Aime toujours la modestie.

Aime toujours l'humilité.

Jamais, jamais, pendant ta vie

Ne rougis de ta pauvreté.

Travaille bien et puis espère,

Contente-toi de mon amour,

Sois modeste comme ta mère

Et tu seras heureuse un jour.


Tu sais que pour toutes richesses,

Je n'ai que mon honnêteté,

Qu'un tendre cœur, que des caresses,

Pour adoucir ta pauvreté.

Mais travaille et toujours espère,

Contente-toi de mon amour,

Sois modeste comme ta mère

Et tu seras heureuse un jour.


Ta mère, pauvre jeune femme,

Quand elle te vit au berceau,

Disait, en épanchant son âme

Sur toi, petit ange nouveau :

Ainsi que moi travaille, espère,

Contente-toi de mon amour,

Sois modeste comme ta mère,

Et tu seras heureuse un jour.


Plus tard, si Dieu te donne vie,

S'il te bénit du haut des cieux,

A ton tour tu seras ravie,

De l'amour d'un enfant joyeux

Alors dis lui : travaille, espère,

Contente-toi de mon amour,

Sois modeste comme ta mère

Et tu seras heureux un jour.


Et si l'inconstante fortune,

Venait combler tous tes désirs,

Caresse toujours l'infortune

Et du pauvre entends les soupirs.

En attendant travaille, espère,

Contente-toi de mon amour,

Sois modeste comme ta mère.

Et tu seras heureuse un jour.

# L'ORGUEIL ET L'INGRATITUDE PUNIS.

—

## A mes Enfants

Qui m'avaient prié de leur raccónter une petite histoire.

Le moindre petit mot, sorti de votre bouche,

M'inspire des accords, me sourit et me touche.

Mes plus heureux loisirs et mes plus doux instants

Sont tous ceux que je passe avec mes chers enfants.

Formant autour de moi mon plus cher auditoire,

Vous voulez, mes amis, une petite histoire.

Je la raconterai. Venez, écoutez bien,

Pour votre instruction, je ne néglige rien.


Un homme, mal vêtu, mais à la fleur de l'âge,

Revint, après longtemps, dans son petit village.

Il venait d'Amérique et cherchait ses parents,

Pour passer avec eux, quelques heureux instants.

On eut dit, à le voir, qu'une extrême misère

Seule, le ramenait dans les bras de sa mère.

Mais lui, plus que content, au comble du bonheur,

Ne pouvait contenir les élans de son cœur !...

Quel plaisir, disait-il, de revoir ma patrie !

Mes frères, mon bon père et ma mère chérie,

Ce modèle vivant de toutes les vertus !...

Ils ont souffert longtemps, ils ne souffriront plus !...

Mais il ne devait plus revoir son digne père,

Ni serrer dans ses bras sa bonne et tendre mère !

Hélas, ils étaient morts !... Deux frères seulement,

L'aîné, nommé Louis, riche négociant,

Et Charles, son cadet, leur survivaient encore.


Notre nouveau venu, le jeune Théodore,

Leur frère disparu depuis près de quinze ans,

Pleurait seul, en secret, d'avoir tardé longtemps

A venir embrasser encor sur cette terre,

L'objet de son amour : son bon père et sa mère !

Mais enfin, il fallut mettre un terme à ses pleurs.

Retenant ses sanglots et cachant ses douleurs,

Il voulut voir d'abord, Louis et sa famille.

Ma belle-sœur, mon frère et leur petite fille,

Soulageront, dit-il, l'amère affliction

Que jette dans mon cœur une déception.


Il alla voir ce frère au sein de la richesse.

Son cœur encor empreint d'une grande tristesse,

Son visage défait, trahissant sa douleur,

Rabaissaient encor plus son pauvre extérieur !


Frère, Louis, dit-il, c'est moi, c'est Théodore !

Quel plaisir, quel bonheur, de te revoir encore !

Et ta digne compagne, oh ! présente-la moi,

Je veux vous embrasser, elle, ta fille et toi,

Je suis triste, Louis, je pleure notre mère,

Et mon extérieur t'annonce la misère !

J'arrive d'Amérique et la fatalité

Voulut......

Vous abusez, Monsieur, de ma bonté,

Répond le gros Louis ; c'est chose curieuse,

Que tous les mendiants, d'allure fort douteuse,

Se donnent rendez-vous, chez moi, dans ce palais,

Que pour moi seul je viens de construire à grands frais.

Il vous sied mal, Monsieur, de venir à votre âge

Mendier chez les gens de ce pauvre village.

Plus mal encor d'oser venir en impudent,

Parler de charité, de frère et de parent.

Vous venez d'Amérique ou des îles Marquises,

Que sais-je ? Je ne puis réparer les sottises

D'un frère ou d'un parent que je ne connais pas !

Ainsi, Monsieur, sortez, portez ailleurs vos pas.

Gardez-vous, désormais, en vous disant mon frère,

De revenir ici me raconter misère !...

Quoique riche, en un mot, le temps m'est précieux,

Je ne puis le passer avec un paresseux.


Mais je suis, cher Louis, réellement ton frère,

Ton frère Théodore, en proie à la misère !

Et puisque ce beau nom, le nom de *charité*

Est sorti de ta bouche, à ta fraternité

De soulager mes maux, ma trop longue souffrance.

N'es-tu pas, mon cher frère, au sein de l'abondance ?

Quoique bien éloignés de fortune et de rang,

Nous sommes, cher Louis, issus du même sang.

Il m'en souvient encor, sur tes genoux de frère,

J'appris à bégayer le nom de notre mère.

Et........

Finissez, Monsieur, finissez à l'instant,

Je ne puis secourir un jeune mendiant,

Dit Louis !....

C'est ainsi qu'à ton frère tu parles,

Répondit Théodore ! Allons, le pauvre Charles,

Bien moins heureux que toi, mais certes, plus humain,

Ne rougira jamais de me tendre la main !

Il sortit indigné de tant d'ingratitude !

Si c'est ainsi, dit-il, qu'un riche d'habitude,

Soulage l'infortune et fait la charité,

9

N'espérons désormais que dans la pauvreté !

Car le pauvre a bon cœur, il connaît la misère.

Si Charles n'est pas riche, il recevra son frère,

Il me tendra la main !... Pour lui quel jour heureux,

S'il a quelques égards pour mon sort malheureux !


Il alla le trouver au sein de sa famille,

Et le surprit berçant sa plus petite fille.

Je te revois, enfin, Charles, dit-il, bon jour,

Ton frère Théodore est enfin de retour !....

Mais j'arrive trop tard pour revoir notre mère !...

Mon frère !... Théodore !... Ah ! Dieu, mais quel mystère.

Dit Charles ! Mais c'est lui ! C'est mon frère ! Oui c'est toi !...

Quel plaisir ! Théodore !... Oh ! viens, embrasse-moi,

Embrasse mes enfants, embrasse aussi ma femme ;

Jamais plus grand bonheur n'a réjoui mon âme !

Vois ma jeune famille ! Et les petits enfants !...

Ils sont beaux, n'est-ce pas, et surtout bien portants.

Ton apparition me rassure et m'intrigue....

Mais tu me parais triste, accablé de fatigue !

Qu'as-tu donc, mon ami ? Viens, viens te reposer ;

Ma femme met la table et nous allons causer,

Tout en nous régalant d'un repas fort modeste,

Mais que tu trouveras délicieux ; du reste,

Il est assaisonné de tout notre bon cœur.

Vois-tu, cher Théodore, ici point de grandeur,

Point de fausse amitié, point d'or, point de richesse,

Mais nous avons toujours la gaîté, l'allégresse !

Tiens, avant de souper change de vêtements.

Tu ne m'en prives pas. Prends aussi ces dix francs,

Et mettons-nous à table. Après, si bon te semble,

Nous irons tous les deux, nous promener ensemble.

Tu verras le village, il s'étend, s'embellit !...

Ma femme, en attendant, préparera ton lit.

Tu vois que je te traite, en véritable frère.

La charité du cœur n'attend pas la prière.

J'ai compris ton chagrin, tes maux, ton embarras !

Ne crains rien, je travaille et tu travailleras

Quand tu seras remis. En attendant, courage,

Courage; Théodore !.... Est-il bon le potage ?

Je le trouve excellent, même délicieux.

Prends un peu de ce vin, il est bien généreux

Et.......


Te ressemble enfin, répondit Théodore !...

Je ne me trompais pas ! Oui, l'infortune encore,

Chez le pauvre ouvrier trouve un consolateur !

Dieu va récompenser ta bonté, ton bon cœur,

Charles !.... Je suis heureux !.. Je ne puis plus le taire,

Je suis riche, richard, dix fois millionnaire !....

A toi donc la fortune, à toi donc tous mes biens !...

Vois ces billets de banque !... Ils sont aussi les tiens !

Oui, j'apporte avec moi, le bonheur, la fortune !

Mon beau pays natal n'aura plus d'infortune !

Et je veux ici même acheter à mes frais,

Un superbe jardin et bâtir un palais !....

Sur le fronton duquel on lisa ces paroles :

*Honte à tout sot orgueil des richesses frivoles,*

*Gloire, honneur et triomphe à la fraternité !*

Lorsque l'ingrat Louis passait de ce côté,

Il détournait les yeux de dépit, de colère,

D'avoir été si dur à l'égard de son frère.


Dieu protége toujours un homme affable, humain !

A l'infortune, enfants, tendez toujours la main.

# LES ARBRES BIEN SOIGNÉS.

—

A mes Élèves.

On était au printemps ; un père de famille

Se promenait un jour dans un riant jardin,

Avec son jeune enfant et sa petite fille,

Et prêtait son oreille au babil enfantin

Des jeunes promeneurs. Vois ces lis, vois ces roses,

Disait la jeune fille, allant de fleur en fleur.

Et ce gazon fleuri !... Vois que de belles choses

On trouve à la campagne !... Oui, ma petite sœur,

Dit son frère étonné de toutes ces merveilles,

Que c'est beau ! Que de fleurs ! Quel coup d'œil ravissant !

On pourrait en remplir plus de trente corbeilles !...


Mais, dis-moi, cher papa, vois cet arbre étonnant !...

Dit l'enfant, à son tour. Pour moi c'est un mystère !

Il est courbé, tordu, tout penché vers la terre.

Son tronc est tout difforme, il n'a pas une fleur !

Son feuillage flétri, d'une extrême pâleur,

Dépare ce jardin. Et cet autre au contraire,

Beau, verdoyant, fleuri, remplit tout le parterre

D'un suave parfum ! Son feuillage est parfait,

Son tronc bien élancé, son branchage bien fait.

D'où vient donc, cher papa, l'énorme différence

Qui frappe nos regards en cette circonstance?

C'est répondit le père, heureux, charmé, content

De cette question, que cet arbre étonnant

Par son chétif aspect, n'a pas eu de culture.

Il est venu tout seul et d'après la nature ;

Tandis que celui-ci, palissé, travaillé,

Jeune encor, fut toujours soigneusement taillé.

Sa beauté qui te plaît, sa grandeur qui t'étonne

N'est que le résultat des bons soins qu'on lui donne.

Ainsi, chez l'homme, enfants, comme dans les jardins,

Tout dépend des bons soins, d'une bonne culture.

Le plus petit objet que produit la nature

Se transforme en chef d'œuvre en passant par nos mains.

D'un tout petit rameau, d'une tige naissante,

D'un faible rejeton, d'une petite plante

L'actif horticulteur,

A fait par son travail, ce géant, ce bel arbre !


Et puis, d'un peu d'argile ou d'un morceau de marbre,

Un habile sculpteur,

Tire, par son génie, une belle statue,

Chef-d'œuvre de son art qui charme notre vue.


Le professeur soigneux,

D'un enfant ignorant, paresseux, indocile,

Fait un homme d'esprit à sa patrie utile.

L'orfèvre ingénieux,

Fait un joli bijoux d'un métal, d'une pierre,

Informe au fonds des mers, dans le sein de la terre.


Ecoutez mes enfants :

Ne repoussez jamais les conseils d'une mère,

Ni les corrections d'un digne et tendre père.

Soyez obéissants,

Laborieux, soumis, assidus à l'école.

Combattez vos penchants pour le plaisir frivole.

Et vous serez un jour,

L'orgueil de votre père et de votre patrie,

La consolation d'une mère chérie,

Son bonheur, son amour.

# SOUS LA CHARMILLE

—

A mes Enfants.

Enfants, que ma muse chérie
Se plaît à chanter quelquefois
Quand vous courez dans la prairie,
Quand vous vous promenez au bois
Quand vous jouez sous la charmille,
Quand vous gravissez les coteaux,

Respectez toujours la famille

Des pauvres petits animaux.


A vous les fleurs que la nature

A semé sur votre·chemin.

A vous la brillante parure,

Du verger du riant jardin.

Mais respectez l'humble famille

Qui n'a pour vivre que les fleurs,

Et sous la riante charmille

Ne faites pas couler des pleurs.


A vous les plaisirs de l'enfance.

A vous les pures voluptés.

Loin de vous l'aimable innocence

Chasse .es tristes vérités.

Allez, jouez sous la charmille,

Allez, gravissez les coteaux.

Mais respectez l'humble famille

Des innocents petits oiseaux.


A vous les beautés du bocage

A vous les rêves caressants.

A vous la gaîté du jeune âge.

A vous les trésors du printemps.

Mais ne touchez pas cette rose

Qui cache en elle un vermisseau,

Et si sur un lis il se pose

N'en faites pas son noir tombeau.

Rappelez-vous que sur la terre,

L'insecte aussi tient à ses jours.

Qu'il a comme vous une mère.

Comme vous ses tendres amours.

Respectez donc l'humble famille

Que vous trouvez dans un sillon,

N'écrasez pas cette chenille

Qui sera bientôt papillon.


Respectez les oiseaux sans ailes

Qui dorment dans leur nid soyeux

Ne portez pas des mains cruelles

Sur ce berceau mystérieux.

Oh ! respectez cette famille

Qui sommeille à l'abri des fleurs

Et sous la riante charmille

Ne faites pas couler dés pleurs.


Oh ! Respectez leur tendre mère

Qui voltige sur les rameaux,

Qui béquille dans le parterre

La pature de ses oiseaux,

Qui module heureuse et gentille

Des chants d'amour, des chants divins,

Ne laissez pas sous la charmille

Une famille d'orphelins.


Laissez la fourmi travailleuse

Suivre les détours du sentier,

Sa famille est assez nombreuse

Laissez-la remplir son grenier ;

Laissez-la, car cette famille

Mourrait de faim sous le gazon.

Ne laissez pas sous la charmille

Des pleurs au lieu d'une chanson.


Allez, que votre cœur s'énivre

De la plus pure volupté,

Courez les champs, mais laissez vivre

L'insecte sous l'herbe abrité ;

Et sous la riante charmille

Dieu bénit les petits enfants

Qui respectent l'humble famille

De ces petits êtres charmants.

# LES PLEURS D'UNE MÈRE

—

**A mes Enfants.**

Enfants, tout mon amour, enfants, tout mon bonheur,

N'abandonnez jamais le sentier de l'honneur.

Rappelez-vous toujours qu'un pas fait dans le crime,

Vous entraîne bientôt dans un affreux abime !

Ecoutez, je vous prie, un récit effrayant,

Récit, hélas, trop vrai, trop lugubre et récent.


Sous le poids du chagrin, de douleurs bien amères,

Je vis, un jour, pleurer la plus tendre des mères.

Sur ses genoux tremblants, berceau de ses enfants,

Tombaient ses jolis bras pour elle trop pesants ;

Trop pesants, car hélas ! tout cède à la détresse,

Tout fléchit sous les coups d'une grande tristesse.

Elle était pâle, enfants, ses yeux mouillés de pleurs

Montraient assez, à tous, ses cruelles douleurs.


Vous savez, mes amis, que les pleurs d'une mère

Arrachent des sanglots à votre tendre père.

Vous savez qu'une mère est un ange du ciel,

Qui mêle à tous nos maux quelques gouttes de miel.

Et vous savez aussi, pauvres agneaux sans laine,

Que tout petits encor sa douce et tendre haleine,

Réchauffait doucement votre petit berceau.

Touché de ce spectacle étonnant et nouveaux,

Je lui dis : qu'avez-vous, ô mère désolée ?

Du foyer conjugal seriez-vous exilée ?


Non, non, me répond la pauvre mère en pleurs.

Ce n'est point là l'objet de mes grandes douleurs.

Auprès de mon époux je suis plus qu'adorée,

Mais hélas !... Mon enfant !... Il m'a déshonorée !...

Oui, Monsieur, mon enfant, bien jeune intelligent,

Mais bien peu studieux, trop désobéissant;

Insensible à l'amour de la plus tendre mère,

Cause, seul, mes chagrins et ma grande misère !


Mais vous qui voulez bien partager mes douleurs,

Ecoutez le récit du plus grand des malheurs :

J'avais un jeune enfant d'une extrême paresse,

Mais que je caressais de toute ma tendresse.

Il n'a jamais voulu, trop fou de tous les jeux,

Suivre le bon chemin des enfants vertueux !

Lorsque je l'envoyais, le matin, à l'école,

Il me trompait, hélas ! et le plaisir frivole

Occupait ses instants ! Il me mentait toujours,

M'assurait, impudent, qu'il allait tous les jours

Profiter des leçons d'un maître aimable et sage

Qui fait tout son bonheur à guider le jeune âge !

Tout jeune encor, hélas ! et déjà grand menteur,

Il devait, ce méchant, être un jeune voleur !

Il devait arracher tant de pleurs à sa mère.

Et jeter dans la honte un digne et tendre père !

Mais le jeune voleur monte toujours plus haut,

Et finit bien souvent à l'infâme échafaud !


Il avait pour ami, pour camarade intime,

Un grand mauvais sujet capable de tout crime.


Il avait quatorze ans. Un jour, dans un jardin,

Il voulut dérober les fruits de son voisin.

Escaladant le mur, franchissant la barrière,

Il se trouve à côté d'un gardien très-sévère,

Le chien de la maison qui se jette sur lui !

D'une pioche, à l'instant, il emprunte l'appui

Pour défendre ses jours, et ne s'en débarrasse

Qu'en l'étendant sans vie expirant sur la place.

Le maître du jardin accourut furieux,

Et, saisissant au cou ce jeune audacieux,

S'apprête à lui donner sa juste récompense,

Et de plus belle encor la lutte recommence.

Hélas ! qu'arriva-t-il ? grand Dieu ! Mais quel malheur !..

Mon fils, plus irrité, transporté de fureur,

Saisissant cette pioche, étendit mort, à terre,

Le maître du jardin, digne propriétaire

Que nous aimions tous. Bon père, vertueux,

Honnête, charitable, envers tous généreux !...


Jugez, jugez, Monsieur, quel coup frappe une mère !

Il n'est pas de douleur plus grande sur la terre !

Mon sort est pitoyable autant qu'il est cruel !

La justice a saisi *mon enfant criminel !*...

Mon fils me fait souffrir, hélas ! sur cette terre

Ce que Dieu n'a jamais exigé d'une mère !

Mes chers petits amis, mes chers petits enfants,

Soyez bien studieux, soumis, obéissants ;

Car Dieu bénit toujours, toujours sur cette terre

Tous ceux qui ne font pas pleurer leur tendre mère.

## A ma Fille

### Qui m'avait donné une rose.


Ignorant qu'une fleur cache plus d'un secret,

Tu donnes sans songer à ce que tu peux dire,

Un œillet, une rose et parfois un bouquet.

Viens, écoute un instant les accords de ma lyre.

Elle te chantera cette charmante fleur

Que ta petite main, mignonne et généreuse

Vient de me présenter avec tant de bon cœur,

Que ma muse charmée en sourit tout heureuse,

## LA ROSE.

La rose est l'image vivante

D'une aimable et jeune beauté.

Elle en a la grâce attrayante,

L'éclat et la fragilité.

Prends cette fleur pour ton modèle.

Conserve toujours ta pudeur

Si tu veux être toujours belle

Ne ternis jamais ta candeur.

Cette fleur toujours belle et pure,

N'a jamais d'autres ornements

Que les faveurs de la nature,

Et les caresses du printemps.

Prends cette fleur pour ton modèle

Conserve toujours ta pudeur

Si tu veux être toujours belle

Ne ternis jamais ta candeur.


Autour de cette fleur si tendre,

Un ange voulut attacher

Des épines pour la défendre

Et des feuilles pour la cacher.

Prends cette fleur pour ton modèle.

Conserve toujours ta pudeur

Si tu veux toujours être belle

Ne ternis jamais ta candeur.

C'est l'ornement des jeunes filles

Qui vont à l'autel du Seigneur,

Pures, innocentes, gentilles,

S'unir au divin créateur.

Prends cette fleur pour ton modèle.

Conserve toujours ta pudeur.

Si tu veux être toujours belle

Ne ternis jamais ta candeur.


Elle orne toujours le blanc cierge

Qu'un jeune enfant tient à genoux,

Lorsqu'à l'autel la jeune vierge

Va s'unir à son tendre époux.

Prends cette fleur pour ton modèle.

Conserve toujours ta pudeur.

Si tu veux être toujours belle

Ne ternis jamais ta candeur.


Elle orne encor la **jeune fille**

Qui va recevoir à l'autel,

Avec les veux de sa famille,

L'époux que lui donne le ciel.

Prends cette fleur pour ton modèle.

Conserve toujours ta pudeur.

Si tu veux être toujours belle,

Ne ternis jamais ta candeur.


Mais, hélas ! la rose fanée,

N'est plus qu'une triste beauté.

C'est une fille abandonnée

Au vice, à la frivolité.

Si tu veux être toujours belle

Conserve toujours ta pudeur.

Ne la prend pas pour ton modèle.

Au vice, enfant, ferme ton cœur.

# MES ADIEUX

Aux petits Enfants studieux.

Adieu, mes chers amis, mes chers petits enfants,

Puissent mes doux accords et mes tendres accents

Vous plaire et vous conduire au bonheur sur la terre.

Puissent-ils vous apprendre à chérir votre mère,

Puissent-ils, du chemin où vous allez marcher,

Eloigner les cailloux qui vous font trébucher.

Vous savez, mes amis, combien j'aime l'enfance

Et combien je chéris votre aimable innocence.

11

Lorsque vos petits yeux se remplissent de pleurs

Je ressens, comme vous, vos chagrins, vos douleurs.

Allez, ne pleurez plus, jouez sans inquiétude,

Mes appliquez-vous bien au travail, à l'étude.

Pour vous encourager, seconder vos efforts,

J'aurai d'autres chansons, j'aurai d'autres accords.

Vous ne connaissez pas les tourments de la vie,

Et l'aimable innocence au bonheur vous convie.

Jouez, mais travaillez. Je guiderai vos pas.

Ecoutez mes conseils, ne les méprisez pas.


Profitez des beaux jours d'une belle innocence

Pour acquérir, enfants, la vertu, la science

Pour vous, mon luth prélude encor à d'autres chants.

Adieu, travaillez bien, adieu mes chers enfants.

# UN PEU DE PROSE

## A mon petit livre.

Mon pauvre petit livre, te voilà lancé sur les flots in-
connus de la société humaine.

Tu préférerais, je le sais bien, vivre ignorant et ignoré
dans l'obscurité du pauvre ménage qui t'a élevé.

Mais, que veux-tu? c'est ton destin; on t'a voulu; il
fallait partir!

Vas donc et sans crainte remercier tous les souscrip-
teurs qui t'ont jugé digne de paraître en leur bienveillante
et honorable société.

Tu trouveras peut-être des ennemis, toi qui n'es l'ennemi de personne.

Tu seras jugé par les savants entre les mains desquels
tu tomberas par hasard. Mais ceux-là ne les redoute pas.
Ils sont humains et compatissants. Ils savent trop bien que
les Racine, les Victor-Hugo, les Lamartine, etc. ne four-
millent pas, et, à part quelques réprimandes qu'ils peu-

vent très-bien te faire au sujet de ta témérité, ils te sou-
haiteront tous la bienvenue et te caresseront même pour
t'encourager.

Tu verras que je te dis vrai.

Mais tu seras l'objet de l'inflexible critique des Aris-
tarques de profession, et il en est beaucoup de nos jours!..

Ne te désole pas. Ne te décourage pas. Je vais te donner quelques sages conseils.

Si l'on te reproche trop ton ignorance, tes locutions
peu poétiques, puisque tu prétends parler en poète, tes
habitudes trop communes, ta démarche trop gauche, et
en cela bien différente de celle des gens parfois un peu
prétentieux, ne t'en trouble pas, n'en rougis pas non plus.
Réponds humblement que tu as eu beaucoup de devan-
ciers de ta trempe, que tu as encore beaucoup de cama-
rades, et que si tous étaient sincères comme toi, il n'y
aurait pas plus de désordres dans le monde.

Tu sais que j'ai fait pour toi tout ce qu'il m'a été possible de faire. Mais en dépit de mes nombreux efforts et de
ma bonne volonté, il te reste encore bien des défauts ; et
tu ne pourras jamais prétendre à rien sans cesser d'être
reconnu pour le fils de ton père.

Aussi je ne te donne ni la parure brillante et coûteuse
d'un énorme volume, trop souvent vide de matières, ni le
style empoulé de certains diseurs de rien qui paraissent
aujourd'hui pour s'en aller demain, avec toi, probablement.

Je t'habille selon ta modeste condition et je désire que tu sois toujours ainsi : propre, simple, humble, modeste et surtout incapable de froisser la moindre susceptibilité. Les gens de notre condition ne doivent pas viser plus haut. Il nous suffit à tous les deux que tu puisses être agréable à quelques tendres mères et plaire à quelques enfants studieux.

On te reprochera encore et probablement tes folles mais innocentes amours que tu vas raconter à tout venant, sans raison aucune. N'en rougis pas non plus. Réponds toujours humblement, à tout rigoriste inflexible, que si tous aimaient d'un amour pur comme le tien, le monde n'en irait pas plus mal peut-être.

Adieu donc, mon petit livre, sois heureux dans ton périlleux voyage. Je te vois, avec inquiétude, courir le monde si frêle, si petit. Mais notre bonne et gentille muse m'assure que tu seras le bienvenu auprès des tendres mères et des petits enfants studieux. S'il en est ainsi, assure-les tous que ma lyre n'est pas brisée, que les petits enfants nous sont toujours bien chers et que nous avons encore pour eux d'armonieux accords.

Alger, avril, 1865.

# ERRATA.

Page 21, septième ligne, lisez :
Que vos petites mains n'ont pas *encor* cueillie.

Page 22, dixième ligne, lisez :
On ne la voit jamais *sur* les vertes collines.

Page 33, dernière ligne, lisez :
Brille toujours sur *ton* chemin.

Page 74, dernière ligne, lisez :
Dont l'une a la beauté, l'autre ta *douce* haleine.

Page 107, première ligne, lisez :
Nous venons vous offrir *l'hommage* de nos cœurs.

Page 133, douzième ligne, lisez :
Sur le fronton duquel on *lira* ces paroles.

# LISTE DES SOUSCRIPTEURS

**Qui ont fait les frais de publication de ce petit ouvrage.**

## MOSTAGANEM.

**MM.** Otten, Sous-Préfet.

J. Ravoux, Secrétaire.

Lapasset, Commandant la Subdivision.

Bollard, Maire.

Eichbach, Procureur Impérial.

De Monfort, Colonel.

Crouzet, Chef de bureau arabe.

Deliot, Secrétaire      id.

Baret, Interprète militaire.

Hayn-Bosson, Marchand de tabac.

Vasco, Vermicellier.

Bagard, Commissaire de police.

M<sup>me</sup> Gérard, Libraire.

MM. Vinckel, Employé aux Contributions diverses.

Martel, Confiseur.

David et Cosmon, Négociants.

Maingot, Commis-négociant.

Molher,              id.

Rousseau, Horloger.

Bétous, Entrepreneur.

Arnoux, Commis-négociant.

Lapeyre, Receveur particulier des Cont. diverses.

Rossi, Employé aux Contributions diverses.

Goillot, principal Clerc de notaire.

Carteron, Secrétaire de la Mairie.

Hippolyte Claude, Confiseur.

Sauve, Négociant.

Colinge, Directeur de l'Ecole communale.

César Blanc, professeur     id.

Chabelard,       id.      id.

A. Brumpt, Organiste.

Magnin, Horloger.

Missarel, Greffier.

Eynard, Horloger.

MM. Guêze, Lieutenant aux Tirailleurs.

De Vignière, Capitaine-Adjudant-Major.

Bérard, Sous-Lieutenant de Tirailleurs.

Valès,　　　id.　　　　id.

Lorthioir, Lieutenant　　　id.

Mendiboure, Officier au campement.

G. Chaillet, Clerc de défenseur.

Destrée, Directeur de l'Ecole arabe-française.

Massis, Négociant.

Classen, Imprimeur.

Lamessine, Avocat-défenseur.

Pillod, Greffier du Tribunal

Ed. Larue, Négociant.

Berr,　　　　id.

Squiroli, Huissier.

Canal, Entrepreneur.

Houët, Capitaine en retraite.

Martinolle, Négociant.

Guichardet, Commissaire-priseur.

Guignette, Conducteur des Ponts-et-Chaussées.

Cabrol, Employé à la remonte.

MM. Granjon, Négociant.

Parrant, Pharmacien.

Ducros, Capitaine de place.

Agurrol, Portier-concierge.

Picar, Avocat-défenseur.

Quiévreux, Clerc de défenseur.

Charmeil,              id.

Nicole, Architecte.

Pointis, Receveur aux Contributions.

Harbruger, Clerc d'huissier.

Martinez,            id.

Garau, Avocat-défenseur.

Rovillain, Peintre.

Milloud ben Homar, Caïd.

Didier, Receveur à la Halle.

Birabent, Entrepreneur.

Bettaut, Receveur de l'Enregistrement.

Lagrange, Chef d'atelier.

Louis Khrug, Café du Commerce.

Rogé, Receveur des Domaines.

Beynet, Payeur-adjoint.

MM. Chateauneuf, Receveur municipal.

Fillacier, Employé.

Singès, Instituteur israélite.

Hemann,  ·  id.

Courserant, Notaire.

Thiel, Négociant.

Astier, Pasteur.

Cohen Scali, Propriétaire.

Dormoy, Ingénieur..

Peyrot, Officier du Génie.

Patillot,  id.

Foncin,  id.

Jacob Amar, Négociant.

Juda Sarfaté,  id.

David Cadj,  id.

Touron, Coiffeur.

Chariot, Capitaine du Génie.

Alquié, Docteur.

Carpentier, Propriétaire.

Châtelain, Imprimeur.

Blondet, Directeur du télégraphe.

MM. Luca Pizoli, Négociant.

Albertini, Comptable aux lits militaires.

E. Remy, Facteur rural.

Giraudon, Chapelier.

Vincent, Médecin à l'hôpital.

Hoëd Michel, Négociant.

Loriot,　　　　id.

Simon, Libraire.

Tissot, Garde-Champêtre.

Keller, Forgeron.

Bergounioux, Propriétaire.

Leymarie, Piqueur.

Demeck, Restaurateur.

Terrade, Négociant.

Corbobesse, Propriétaire.

Navelot,　　　　id.

Ch. Ferré, Dessinateur des Bâtiments civils.

Viala,　　　　id.　　aux Ponts-et-Chaussées.

Berthelemy, Employé　　　id.

Chaillier,　　　id.　　　id.

Malifaud,　　　id.　　　id,

MM. Courrech, Entrepreneur de chauffage.

Belhumeur, Plâtrier.

Dollé, Maître-Cordonnier.

Marin, Propriétaire.

Leroux, Coiffeur.

Crevelle, Employé à la Recette municipale.

Joseph Navaro, Propriétaire.

L'Olivier, id.

Salvet, Négociant.

Sotron, Café de la Poste.

Lamonta, Docteur-médecin.

Vincent Sineda, Peintre.

Ben Dayan, Ferblantier.

Pierron, Pharmacien.

Lasserre, Coiffeur.

Fonteret, Sergent aux Tirailleurs.

Passeron aîné, Charcutier.

Tamain, Employé du Génie.

Mage, Sergent-major aux Tirailleurs.

Cazals, id. id.

Maris, Instituteur-adjoint.

MM. Dumain, Officier-comptable des vivres.

Cazette, Receveur des Douanes.

Barenton, Commis de Douane.

Bossy, Capitaine          id.

Vichi, Directeur du Port.

De Rochemouteix, Capitaine de Santé.

Malavet, Cafetier.

Marcel fils,  id.

Spitz, Maître-Tailleur.

Collet, Sergent à l'Hôpital militaire.

Migette, Propriétaire.

# TABLE.